LA PRINCESSE
SOUILLON

ROBIN MULLER

Texte français de Françoise Marois

Scholastic Canada Ltd.
123 Newkirk Road, Richmond Hill, Ontario, Canada

Données de catalogage avant publication (Canada)
Muller, Robin.
  [Tatterhood, Français]
  La princesse Souillon

Traduction de: Tatterhood.
ISBN 0-590-71412-0

I. Titre. II. Titre: Tatterhood. Français.

PS8576.U44T3714 1984   j398.2'7   C84-098442-1
PZ24.M84Pr 1984

ISBN 0-590-71412-0

Titre original: Tatterhood

Édition publiée par Scholastic Canada Ltd.,
123 Newkirk Road, Richmond Hill, Ontario, Canada L4C 3G5.

65432   **Imprimé à Hong-Kong**   01234/9

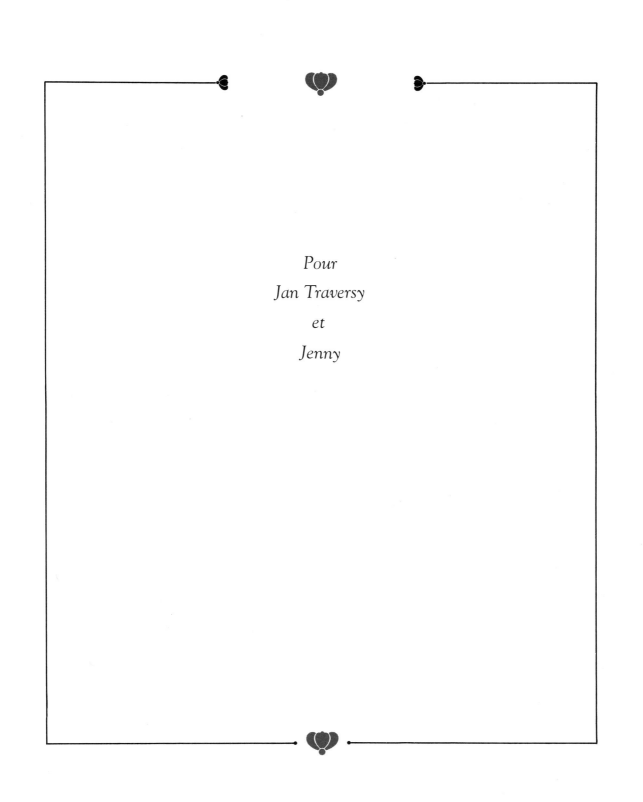

Pour

Jan Traversy

et

Jenny

Dans un pays lointain, il y a de cela très longtemps, vivaient un roi et une reine dans un magnifique palais qui donnait sur la mer. De vertes pelouses aux fleurs éclatantes et des fontaines miroitantes s'étendaient tout alentour. Malgré ces splendeurs, c'était un lieu triste, car le roi et la reine n'avaient pas d'enfants. Pour cacher son désespoir, la reine faisait de longues promenades, seule dans la campagne.

Par un beau jour de printemps, la reine tomba sur une petite chaumière en partie cachée par la forêt. Une colombe qui avait construit son nid au-dessus de la porte était occupée à nourrir sa couvée.

Saisie d'une grande tristesse, la reine s'assit sur un arbre tombé et se mit à sangloter. Une petite vieille sortit aussitôt de la chaumière pour voir ce qui se passait: «Pourquoi pleurez-vous, ma bonne dame?» lui demanda-t-elle.

— Je pleure parce que j'ai tout sauf ce que je désire le plus au monde: des enfants bien à moi.

Or, la reine ignorait que cette petite vieille était une sorcière, mais une brave sorcière au grand coeur qui avait de la peine de voir la reine dans cet état. «Je vous promets que vous aurez un enfant, mais vous devez faire exactement ce que je vous dirai.»

— Tout ce que vous voudrez, pourvu que j'aie un bébé! s'écria la reine.

La sorcière lui dit alors ce qu'elle devait faire: «Avant de vous coucher ce soir, prenez deux seaux d'eau et lavez-vous dans chacun. Puis, jetez l'eau sous le lit.

A votre réveil, vous y trouverez deux fleurs. Mangez la belle, mais ne touchez pas à l'autre. Aussi irrésistible que soit votre envie de la manger, vous ne devez pas y toucher. »

Cette nuit-là, la reine suivit les conseils de la vieille femme. Après s'être lavée dans les deux seaux, elle jeta l'eau sous son lit, se coucha et s'endormit profondément.

Le lendemain matin, dès son réveil, elle releva les couvertures et regarda sous le lit. Tel que promis, deux fleurs y avaient poussé. L'une était d'un tendre doré au centre pourpre et velouté comme le ciel entre les étoiles. De chatoyants motifs se reflétaient sur les pétales comme les teintes d'un lever de soleil. L'autre fleur était jaune comme l'oeil d'un lézard et son centre aussi noir que le chaudron d'une sorcière. D'étranges marbrures ressemblant à de douloureuses meurtrissures violettes tachaient les pétales.

Sans perdre un instant, la reine cueillit la belle fleur et la mangea. Mais son goût était si exquis et son parfum si irrésistible que la reine eut désespérément envie d'en manger encore. Le temps de le dire et elle arracha l'autre fleur, l'avalant sans oublier pour autant le terrible avertissement de la sorcière.

Avant la fin de l'année, la reine donna naissance à une petite fille très étrange. L'enfant avait les cheveux noirs emmêlés et le visage d'un petit diable. Dès sa naissance, elle commença à hurler: «Maman!» Bientôt, elle s'élançait à toute vitesse dans les couloirs du palais, à califourchon sur une chevrette, criant et faisant du vacarme avec une longue cuillère de bois.

Après avoir attendu si longtemps la naissance d'un bébé, la reine était horrifiée de voir sa fille: «Si je suis vraiment ta mère, que Dieu me donne le courage de t'élever!»

De ses yeux brillants, l'enfant regarda sa mère: «Ne crains rien, ma chère maman, un autre bébé naîtra qui fera les délices de ton coeur.»

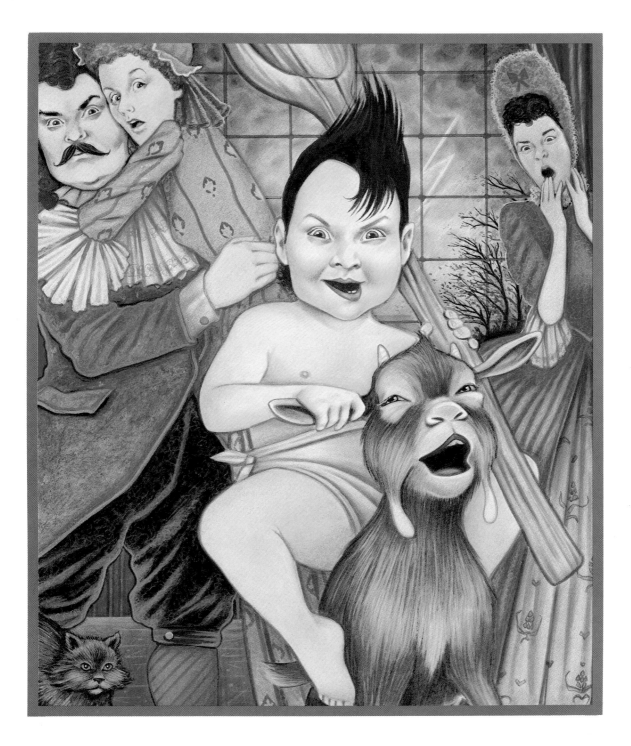

De fait, l'année suivante la reine mit au monde une petite fille de bonne nature et si belle que tous ceux qui la voyaient, disaient qu'ils n'avaient jamais vu pareille beauté! La reine aimait sa seconde fille par-dessus tout et lui donna le nom de Bellinda. Quant à sa fille aînée, elle l'appela Souillon, car elle portait toujours un capuchon sale sur ses cheveux noirs emmêlés.

A la mort du roi, la reine resta seule avec ses deux filles. Mais son amour pour Souillon n'augmentait pas; la petite fille était bruyante et toujours prête à faire de mauvais coups. Contrairement à sa mère, Bellinda aimait tendrement sa soeur et la suivait partout.

Une certaine veille de Noël, quand les deux jeunes filles étaient presque adultes, Bellinda lisait pendant que Souillon, à dos de chevrette, fonçait dans tous les coins du palais, frappant de sa cuillère de bois et feignant de combattre un dragon féroce. Soudain, on entendit un tel fracas et de tels hurlements venant de la plus haute galerie du palais, que même le vacarme de Souillon en fut étouffé. Souillon arrêta sa course pour aller trouver sa mère et lui demander ce qui se passait.

— Retourne t'amuser. Cela ne te regarde pas, lui répondit-elle. Mais Souillon insista tant que sa mère céda. Elle lui confia que tous les sept ans, un rassemblement de sorcières venaient fêter Noël au palais. Leurs pouvoirs maléfiques étaient tels que personne n'avait jamais eu le courage de les en empêcher.

— Je vais les chasser du palais, rugit Souillon.

— Non! Non! protesta sa mère. Elle la supplia de les laisser s'amuser tranquillement pour éviter toute catastrophe.

— Ne crains rien, chère maman. Et elle s'élança comme pour aller se battre. «Je ne te demande qu'une seule chose: promets-moi de fermer et de verrouiller toutes les portes menant à la galerie. Tu ne dois en oublier aucune!» La reine promit de suivre exactement les ordres de sa fille.

La galerie fourmillait de sorcières. Dès que Souillon entra, elles sautèrent sur elle lui tirant les cheveux, la mordant et la griffant. Mais la brave Souillon agitait sa cuillère de bois comme une grosse matraque. Les sorcières tourbillonnaient comme des feuilles au vent. Hurlant et criant de rage, elles prirent la fuite par les fenêtres.

Au dernier moment, quand elles s'étaient presque toutes enfuies, une porte grinça et Bellinda pointa le nez. «Souillon, est-ce que tout...?»

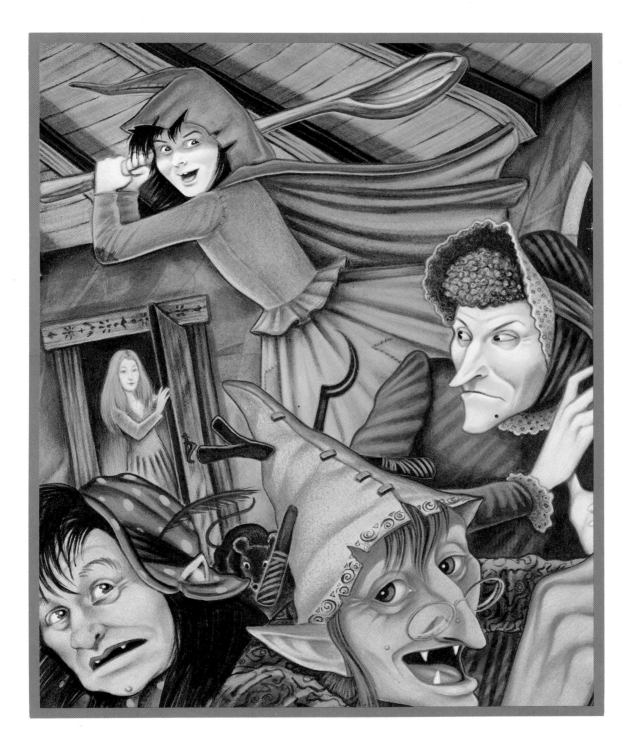

Avant même que Souillon ne pût ouvrir la bouche, la dernière sorcière aperçut Bellinda et s'élança sur elle. Elle lui arracha la tête des épaules et y mit à la place une tête de veau. Se tordant de rire, la sorcière s'envola par la fenêtre et disparut dans l'obscurité de la nuit.

La reine était affolée de voir Bellinda qui descendait de la galerie. Souillon blâma avec dureté sa mère de ne pas avoir pris soin de vérifier si toutes les portes avaient bien été verrouillées. Quant à Bellinda, elle ne pouvait rien dire d'autre que «Meu, meu, meu...»

Cette nuit-là, la reine pleura amèrement les conséquences de sa négligence. Souillon, elle, commença à regretter ses paroles cruelles. «Ne pleure pas, chère maman. Je délivrerai notre Bellinda. Pour cela, il me faut un bateau tout équipé, mais sans capitaine ni équipage. Si nous voulons réussir, Bellinda et moi devons entreprendre ce voyage seules.»

Le bateau fut vite prêt: un magnifique navire dont les voiles se gonflaient comme de la gaze sous la brise. Montée sur sa chevrette et agitant sa cuillère de bois, Souillon amena à bord sa pauvre soeur à tête de veau.

La reine avait le coeur brisé de les voir partir. «Souillon, peux-tu me pardonner ma cruauté envers toi pendant toutes ces années? Je mourrai de chagrin si toi et ta soeur ne revenez pas!»

— Nous reviendrons et en plus avec maris!

Et sur ce, elle appareilla et mit le cap vers cette mer inconnue.

Souillon tenait la barre nuit et jour. Après de nombreuses et longues semaines, elle aperçut enfin l'Ile-aux-Sorcières se profilant accidentée à l'horizon. Sous une falaise sombre et s'avançant dans la mer, elle mit l'ancre là où on ne pourrait voir le bateau.

D'une fenêtre isolée du château, une lueur vacillait. Comme elle s'approchait, Souillon pouvait distinguer la jolie tête de sa soeur qui se balançait dans la fenêtre. Légère comme l'ombre de la lune, Souillon vola de rocher en rocher jusqu'au-dessous de la fenêtre. Là, elle pouvait entendre les sorcières qui faisaient la fête à l'intérieur du château.

Souillon prit une profonde respiration et vite comme l'éclair, sauta par-dessus le rebord de la fenêtre, attrapa la tête de Bellinda et se sauva. Un cri d'alarme perçant et horrible traversa la nuit. Les sorcières, aussi nombreuses que les abeilles d'une ruche, sortaient de toutes parts.

Elles se cramponnaient à Souillon, poussant des cris et déchirant ses vêtements pendant que la jeune fille brandissait sa cuillère comme une arme puissante. A la fin, les sorcières déchaînées reculèrent et Souillon courut jusqu'au bateau, la tête de Bellinda sous le bras.

Une fois sur le pont, elle enleva très doucement la tête de veau et remit la jolie frimousse de sa soeur à sa place. «Maintenant, ma très chère Bellinda, la seconde partie de notre voyage peut commencer!» dit-elle. Triomphante, elle lança la tête de veau aux sorcières qui hurlaient sur le rivage.

Elles voguèrent pendant des semaines. Par une matinée radieuse, elles virent poindre la terre. De loin apparaissaient les pignons d'une grande cité.

Au moment où Souillon dirigeait le bateau vers le port, le prince de ce royaume l'aperçut de la plus haute tourelle du château. Il envoya aussitôt des messagers pour savoir d'où venait ce magnifique navire et qui en était le capitaine.

Les messagers revinrent avec une drôle d'histoire à raconter. Ils avaient vu une gamine qui se promenait sur le pont à dos de chevrette, riant et agitant une cuillère de bois comme une folle.

— Holà! Où sont le capitaine et l'équipage de ce vaisseau? avaient-ils demandé.

— J'en suis la capitaine et l'équipage, répondit Souillon.

— Qu'êtes-vous venue faire ici?

— C'est à votre souverain de le découvrir.

Une telle histoire piqua la curiosité du prince. Le lendemain à l'aube, il se rendit lui-même sur les lieux pour voir cette étrange jeune fille.

Mais cette fois-ci, ce n'était pas Souillon, mais Bellinda qu'il vit appuyée au bastingage. Dès que son regard se posa sur la jeune fille, il tomba amoureux d'elle.

— Toute ma vie, j'ai rêvé de rencontrer une personne aussi ravissante que vous. S'il vous plaît, voulez-vous m'épouser? Si vous n'acceptez pas ma demande, je passerai le reste de ma vie dans la pire des misères.

— Je ne peux vous épouser tant que ma soeur bien-aimée n'aura pas, elle aussi, trouvé de mari.

— Pour la soeur d'une aussi belle jeune fille que vous, il devrait être facile d'en trouver un.

Mais juste à ce moment, Souillon sortit avec fracas sur le pont. Le visage du prince changea aussitôt d'expression. S'efforçant de dissimuler sa déception, il annonça: «Je serais très honoré de vous recevoir toutes deux au grand banquet que je donne au château après-demain.»

— Nous acceptons votre invitation avec grand plaisir, Sire, répondit Souillon faisant un grand geste avec sa cuillère de bois.

Le jour suivant, le prince leur fit envoyer des dizaines de présents. Il y avait des robes de satin et de soie, des coffres remplis de colliers de perles, de bagues serties de rubis et de bracelets de saphir. Il y avait des peignes en or, de petites pantoufles délicates et des parfums arabes aux arômes exquis. Bellinda courait de long en large, essayant tout, posant et se pavanant devant un miroir tandis que Souillon s'amusait à la regarder faire.

— Ne vas-tu pas au moins enlever ton capuchon et te brosser les cheveux? lui demanda Bellinda.

— Pas du tout! J'y vais telle que je suis! répondit Souillon, sans rien ajouter de plus.

Au château, le prince, en proie à une vive angoisse, faisait les cent pas. «La soeur aînée est si laide que même un aveugle n'en voudrait pas! Mais si je ne peux lui trouver de mari, je ne pourrai jamais épouser la princesse que j'aime.»

Au début, Patrice, jeune frère du prince, ne prit pas l'histoire de son frère au sérieux, mais il fut finalement touché. «Mon Dieu, si cela te trouble à ce point, je l'escorterai moi-même au banquet. Qui sait, je peux quand même réussir à lui trouver un mari et t'épargner ce chagrin.»

Le jour du banquet, des bannières flottaient dans les rues pendant que les habitants de la cité venaient en foule voir les visiteurs. Le prince et Bellinda marchaient en tête du défilé, tous deux montés sur de beaux coursiers blancs. Le prince Patrice les suivait sur un étalon aux harnais argentés. A ses côtés, fière comme une reine, Souillon et sa chevrette. A leur suite venaient des dizaines de cavaliers et de courtisans en splendide livrée.

Patrice ne pouvait détacher son regard de Souillon, et rassemblant tout son courage lui déclara d'une voix hésitante: «Vous devez être très courageuse.»

— Pourquoi dites-vous cela? Vous me croyez courageuse?

— Bien sûr que je le crois! Toute la ville parle de vos exploits. Jusqu'à maintenant, personne n'a jamais osé mettre les pieds sur l'Ile-aux-Sorcières. Je ne l'aurais jamais fait moi-même!

Souillon lui dit en souriant: «Telle vous me voyez, telle je suis. Qu'avez-vous remarqué d'autre?»

— Eh bien! continua-t-il encore un peu embarrassé. Je vois que même si vous pouviez monter le plus beau cheval du royaume, vous préférez encore votre chevrette.

— Vous voyez une chevrette? Et en un clin d'oeil, elle se retrouva sur un splendide cheval de bataille.

— Que vous êtes merveilleuse! s'exclama le prince. Je vois aussi que vous tenez à la main une vieille cuillère de bois qui, j'en suis certain, a dû frapper la tête de bien des sorcières.

— Vous voyez une cuillère? Et aussitôt, elle en fit la plus belle baguette argentée que l'on puisse imaginer.

Le prince Patrice observa Souillon pendant longtemps.

— Je remarque aussi que vous portez une vieille robe toute trouée.

— Une robe toute trouée? s'écria-t-elle, feignant la surprise. Et ses haillons se changèrent en une somptueuse robe qui scintillait comme les rayons entrelacés d'un clair de lune.

Patrice rit à gorge déployée. «Je vois que vous portez un capuchon tout en lambeaux. Sans doute est-ce pour cacher votre jolie chevelure et votre beau visage. »

— Bien sûr! dit-elle en souriant. Le vieux capuchon disparut instantanément pour découvrir le gentil minois d'une jeune fille plus radieuse que toutes les étoiles du firmament. «Telle vous me voyez, telle je suis. »

La foule émerveillée se mit à applaudir joyeusement pendant que le prince s'avançait pour prendre la main de Souillon.

— J'en ai vu suffisamment, dit-il.

Un mois plus tard a lieu un autre grand défilé: une cérémonie de mariage. Pour leur lune de miel, les deux jeunes couples gonflèrent les voiles vers le pays natal des mariées. On fêta les heureuses retrouvailles avec la reine et on organisa un autre banquet.

Souillon et Bellinda eurent toutes deux de beaux enfants et elles vécurent sereines et heureuses pendant très très longtemps.